Schattenleben

Schattenleben

Joke Frerichs

Bibliographische Informationen der Bibliothek:
Die Deutsche Bibliothek verzeichnet diese Publikation in der Deutschen Nationalbibliographie; detaillierte Informationen sind im
Internet über http://dnb.ddb.de
abrufbar.

© 2022 Joke Frerichs
Herstellung und Verlag: Books on Demand,
Norderstedt
ISBN 978-3756-2039-18

Motto 1:

Wer verdammt Menschen
zu einem Schattendasein,
wer lässt sie nicht
zur Sonne kommen?

Motto 2:

Biologen verwenden für Organismen, die zeit-
weise oder dauerhaft zur Befriedigung ihrer
Nahrungsbedingungen auf Kosten anderer
Lebewesen – ihren Wirten – leben, überein-
stimmend die Bezeichnung ‚Parasiten'.

(Aus einem Papier des Bundesarbeitsministeriums)

Motto 3:

Nicht die Tatsache der Armut verstört die
Leute, sondern ihre Sichtbarmachung.

Inhalt

Prolog

Jeder Mensch hat seine eigene Geschichte. Er erzählt sie so, dass er vor dem Bild, das er von sich hat, bestehen kann. Die Geschichten der *sozial Deklassierten* mögen in Details voneinander abweichen; in den entscheidenden Punkten stimmen sie überein: Irgendwann in ihrem Leben gab es einen Knacks. Besser gesagt: einen *Verlust:* des Arbeitsplatzes; des Partners; der Wohnung; der Gesundheit. Die Folge ist nicht selten der Verlust des eigenen *Selbst*: der eigenen Persönlichkeit; der eigenen Würde. Viele von ihnen landen im Nirgendwo.

Armut ist nicht Armut. Wer *kulturelles Kapital* besitzt, vor allem in Form von *Bildung*, kann die leere Zeit trotz aller materiellen Einbußen eher mit etwas Sinnvollem ausfüllen als diejenigen, die über nichts dergleichen verfügen. Deren Spuren verlieren sich irgendwann; sie sterben eine Art *sozialen Tod.*

Ein letzter Brief

Liebe Tochter,
wenn Du diesen Brief erhältst, werde ich nicht mehr am Leben sein. Du sollst aber wissen, dass ich bis zuletzt an Dich und Deine Mutter gedacht habe. Ihr wart doch meine Familie; jedenfalls lange Zeit.

Du weißt: über mich reden, konnte ich nie besonders gut. Hatte es nie gelernt. Es war ein Fehler, wie ich heute weiß. Ich habe in jüngster Zeit viel nachgedacht und einiges davon aufgeschrieben, was mich beschäftigt hat. In meinem Kopf geht alles durcheinander. Ich weiß nicht, wo ich beginnen soll. Es geht mir nicht darum, mich zu rechtfertigen. Auch möchte ich niemandem Schuldgefühle machen. Zu vieles habe ich falsch gemacht.

Wenn man einmal seine Arbeit verloren hat in meinem Alter, kommt es einem vor, als würde man in ein tiefes, schwarzes Loch fallen. Man fühlt sich entwurzelt. Alles bricht zusammen. Man verliert die Orientierung. Nicht sofort, aber ganz allmählich löst sich alles auf. Anfangs hofft man noch, eine neue Arbeit zu finden. Schreibt Bewerbungen. Klammert sich an jeden Strohhalm. Aber mit jeder Absage, die man er-

hält, wird man buchstäblich kleiner. Man schrumpft förmlich zusammen. Von Mal zu Mal. Von Niederlage zu Niederlage. Man fühlt sich von allen gedemütigt, missverstanden, ja verraten. Man wird misstrauisch – gegen jeden. Auch ich ließ niemanden mehr an mich heran. Hab mich eingekapselt. War nur noch mit mir beschäftigt. Fühlte mich schuldig. Beschämt.

Ich hätte von meinen Problemen erzählen sollen. Von meinen Sorgen. Dass es immer schwieriger wurde in der Firma. Die ständigen Kontrollen. Der Leistungsdruck. Aber ich ging über all das hinweg. Überließ mich dem Alltagstrott. Machte mir was vor. Sobald ich einen gelungenen Abschluss hatte, fühlte ich mich wieder obenauf. Hielt mich für unersetzbar. Im tiefsten Innern spürte ich zwar, dass dem nicht so war. Aber ich überspielte meine Ängste. Konnte es mir gar nicht erlauben, mich länger damit zu beschäftigen. Es hätte mich alles nur noch mehr verunsichert. Und darüber reden – Schwäche zeigen? Das wollte ich partout nicht. Lieber spielte ich meine Rolle wie gewohnt weiter. Markierte den starken Mann. So hatte ich es immer gehalten. Und bis zu diesem Zeitpunkt hatte es ja auch immer funktioniert.

Lange Zeit habe ich geglaubt, allein mit meiner Situation fertig werden zu können. Zu lange.

Ich wollte nicht als Verlierer dastehen. Als Versager. Ich hatte es doch immer aus eigener Kraft geschafft. Damals, als mein Vater früh starb und ich die Schule abbrechen musste. Ich habe mir eine Lehrstelle besorgt. Habe Mutter unterstützt. Bin an Vaters Stelle getreten. Habe Verantwortung übernommen. War stolz darauf, gebraucht zu werden. Bin mit der Aufgabe gewachsen. Bis zum Ende der Lehre. Als ich dann nicht übernommen wurde, habe ich dies nach einer kurzen Zeit der Enttäuschung und Wut relativ leicht überwunden. Ich war jung. Die Welt stand mir offen. So glaubte ich jedenfalls. Doch es war auch schon damals schwierig, wieder Fuß zu fassen. In meinem erlernten Beruf konnte ich nicht bleiben. So habe ich umgeschult und bin dann schließlich im Außendienst gelandet. Lange Zeit ging es ganz gut, obwohl ich eigentlich nie ein Verkäufertyp war. Nach einigen Jahren wurde ich Distriktleiter. Auch privat lief alles glatt. Ich gründete eine Familie. Du kamst auf die Welt. Alles schien in bester Ordnung. Es war die glücklichste Zeit in meinem Leben.

Als die Firma von einem neuen Eigentümer übernommen wurde, verlor ich meinen Posten als Distriktleiter. Musste wieder in den Außendienst. ,An die Front', wie wir zu sagen pfleg-

ten. Die Gebiete, die wir zu betreuen hatten, wurden immer größer. Was früher drei Mitarbeiter machten, wurde jetzt auf zwei verteilt. Das bedeutete natürlich mehr Stress für jeden. Vor allem aber war man weniger zu Hause. Immer öfter musste ich auswärts übernachten. An den Abenden saß ich allein in meinem Hotelzimmer oder in irgendeiner Kneipe. Es war ziemlich trostlos. Ich trank mehr als ich wollte. Versuchte, irgendwie die Zeit totzuschlagen. Wenn ich heute darüber nachdenke, glaube ich, dass schon damals die ersten Risse in unserem Familienleben entstanden. Ich war häufig ausgelaugt, wenn ich nach Hause kam. Nervös und gereizt, besonders wenn ich wenig Abschlüsse gehabt hatte. Oft, ja allzu oft, habe ich meine Enttäuschung an Euch ausgelassen. Nörgelte an allem rum. Kein Wunder, dass ihr irgendwann genug davon hattet.

Heute wird mir klar, wie falsch wir gelebt haben. Wie viel wertvolle Zeit wir mit belanglosen Dingen vertan haben. Man tut immer so, als hätte man unendlich viel Zeit. Als ließe sich alles auf später verschieben. Aber man kann das nicht gelebte Leben nicht nachholen. Vorbei ist vorbei. Was hätte man alles machen können. Gemeinsam. Aber jetzt ist es zu spät. Vielleicht war es immer schon zu spät. Und überhaupt:

was ist es denn schon, das sogenannte Leben? Wenn man zusehen muss, dass man über die Runden kommt, bleibt einem nicht viel davon. Immer fehlt etwas.

Wenn ich zurückdenke, reduziert sich alles auf ein paar Glücksmomente: Die erste Zeit der Liebe. Die Geburt des Kindes. Das war es doch schon fast. Wenn man so im täglichen Trott dahinlebt, wie wir es getan haben und die meisten es tun, denkt man wenig darüber nach. Man ist abends viel zu kaputt. Oder zu träge. Man will einfach nur noch seine Ruhe haben. Schaltet den Fernseher ein und sich selber ab. Möglichst nicht viel reden. Wer macht sich schon Gedanken über die Zukunft. Man macht immer so weiter. Ein Tag ist wie der andere. Solange nichts Außergewöhnliches passiert, gibt es keinen Grund, etwas zu ändern. Man merkt oft gar nicht, dass irgendetwas nicht stimmt. Oder gesteht es sich nicht ein. Heute wüsste ich, was ich anders machen würde. Aber wie gesagt: es ist zu spät. Damals jedenfalls hatte ich keine Kraft, unserem Leben eine andere Wendung zu geben.

Als mir der Stuhl vor die Tür gesetzt wurde, war ich zunächst völlig sprachlos. Damit hatte ich nicht gerechnet. Jedenfalls nicht zu diesem Zeitpunkt. Ich hatte eine ganze Reihe zufrieden-

stellender Abschlüsse getätigt. Auch der Firma ging es gut, Ich war doch kein schlechter Außendienstler. Konnte durchaus noch mithalten, auch wenn mich das ständige Reisen mehr und mehr anstrengte. Ich hatte ja auch versucht, in den Innendienst zu kommen. Aber damals sagte man mir, man brauche Leute mit meiner Erfahrung im Außendienst. Ich gebe gerne zu, dass mir das geschmeichelt hat. Aber was solche Aussagen wert sind, sieht man ja. Es ist das Geschwätz von gestern, das keinen mehr interessiert.

Ich war wie vor den Kopf gestoßen. Empfand noch nicht einmal Wut. Enttäuschung vielleicht. Vielleicht auch Selbstmitleid. Aber wenn ich es genau nehme, empfand ich gar nichts. Alles kam mir ganz unwirklich vor. Wie ein böser Traum. Dieses Gefühl kannte ich schon als Kind. Immer, wenn mir etwas Schlimmes oder Unangenehmes passierte, stellte ich mir vor, ich hätte das alles nur geträumt. Das half mir oft. Aber das, was ich jetzt erlebte, war leider kein Traum. Es hat einige Zeit gedauert, bis ich einigermaßen realisiert hatte, was geschehen war. Ganz begriffen habe ich es bis heute nicht. Wenn man jahrzehntelang so dahingelebt hat – tagaus, tagein – kann man sich gar nicht vorstellen, dass es einmal anders sein könnte. Jetzt

*weiß ich, dass das ein Irrtum war. Aber wieder
einmal kommt die Einsicht zu spät.*

*Ich weiß, dass viele in der gleichen Situation
sind wie ich. Ich weiß nicht, wie sie es machen,
damit fertig zu werden. Ich habe mir lange über-
legt, ob ich mit einigen einmal reden sollte. Habe es auch das eine oder andere Mal versucht.
Aber ich habe sehr bald gespürt, dass die meisten daran nicht interessiert sind. Viele blocken
ab. Sind mit sich selbst beschäftigt. Oder es ist
ihnen peinlich, über sich zu reden. Über ihre
Gefühle. Wie sie mit der Situation klar kommen.
Die meisten schimpfen zwar auf die Politiker, ja
auf das ganze System. Aber das bringt gar
nichts. Am Ende steht jeder allein da. Muss alles mit sich selbst ausmachen. Man bekommt ja
auch kaum Hilfe. Die Mitarbeiter auf dem Ar-
beitsamt können sich kaum um den Einzelnen
kümmern. Man hat schnell das Gefühl, lästig zu
sein. Man füllt Formulare aus. Meldet sich in
regelmäßigen Abständen. Zeigt damit, dass
man dem Arbeitsmarkt zur Verfügung steht,
wie es so schön heißt. Aber das Entscheidende
fehlt: dass man Arbeitsangebote bekommt. Dass
einem gesagt wird, wie es weitergeht.*

*Ich habe versucht, mich gegen meine Entlas-
sung zu wehren. Aber heraus kam dabei nichts.
Gegen die so genannten Marktgesetze kann*

man nicht kämpfen.. Die Kollegen zucken mit den Achseln. Aufmucken tut keiner. In Wirklichkeit ist jeder froh, dass es ihn nicht getroffen hat.

Ich habe mich natürlich bemüht, wieder Arbeit zu finden. Anfangs ist man noch ganz guter Hoffnung. Man weiß schließlich, was man kann. Als ich so gut wie nichts an Angeboten bekam, bin ich selbst aktiv geworden; habe mich rumgehört. Ich bekam nur Absagen. Immer die gleichen Phrasen. Am meisten hat mich verletzt, wenn ich nicht einmal einer Antwort für wert befunden wurde. Das geht an die Ehre – und an die Nerven. Leute in meinem Alter gehören in dieser Gesellschaft zum alten Eisen. Allem Geschwätz zum Trotz. Man wird gerade noch geduldet, aber mehr auch nicht. Das sagt einem natürlich keiner ins Gesicht. Aber man spürt es auf Schritt und Tritt. An der Art, wie einen die Nachbarn ansehen. Die ehemaligen Kollegen. Die Leute in der Kneipe. Wenn es geht, machen sie einen Bogen um einen. Wer das nicht selbst erlebt hat, wird es nicht verstehen. Man glaubt gar nicht, wie sehr das an einem zehrt. Wie dünnhäutig man mit der Zeit wird. Man hat nur noch das Bedürfnis, sich zu verkriechen.

Ich selbst habe mich früher auch nicht anders verhalten. Habe ich mich je um andere gekümmert? Man hält sich für unverwundbar. Trotz der vielen Arbeitslosen, die es seit Jahren gibt. Jeder tut so, als ginge ihn das alles nichts an. Macht vielleicht sogar noch seine Sprüche über die Arbeitslosen. Die doch selber schuld sind. Habe nicht auch ich lange Zeit so ähnlich gedacht? Dass genug Arbeit für alle da ist. Dass man nur arbeiten wollen muss. Hatte es nicht auch etwas Entlastendes, so zu reden? Es lenkt davon ab, darüber nachzudenken, dass man selbst der nächste sein könnte. Man hätte es besser wissen können.

Als ihr mich verlassen habt, ging es nur noch bergab mit mir. Es tat sehr weh. Ich habe viel darüber nachgedacht, wie es so weit kommen konnte. Eine Antwort habe ich nicht gefunden. Es gibt immer zu viele Gründe. Wenn man es genau nimmt, war ich es, der sich irgendwann zurückzog, weil ich mir minderwertig vorkam. Der sich vor Scham kaum noch traute, irgendwo aufzutauchen. Der tagelang auf dem Bett liegen konnte und vor sich hin döste. Der immer asozialer wurde. Ja – das ist das richtige Wort: asozial bin ich geworden. Ich wollte nur noch in Ruhe gelassen werden. Nichts mehr hören und sehen.

Irgendwann wurde mir mitgeteilt, dass ich kein Arbeitslosengeld mehr bekommen würde. Die Frist sei abgelaufen. Als mir die Wohnung gekündigt wurde, hat mich dies völlig entwurzelt. Unsere Wohnung, in der wir so lange gelebt haben. Wo jede Ecke voll ist von Erinnerungen. Wo man vieles selbst gemacht hat. Das habe ich nicht verkraftet. Ab da war ich nicht mehr bereit mitzuspielen.

Ich bin zu dem Schluss gekommen, keinen weiteren Antrag zu stellen. Obwohl ich jahrelang Beiträge bezahlt habe, spüre ich die Geringschätzung, ja Verachtung, die unsereins entgegen gebracht wird. Mich als Sozialschmarotzer beschimpfen zu lassen, das geht gegen meine Würde. Ich will nicht bis zu meinem Lebensende Bittsteller sein. Wenn man keine Arbeit mehr für mich hat, zeigt mir das nur, dass ich überflüssig bin. Dann hat es auch keinen Sinn weiterzumachen.

Obwohl mir alles weh tut, fühle ich mich ganz leer. Erst jetzt begreife ich, was Freiheit ist: es ist das Gefühl, das einen nichts mehr hält; dass man im Nichts gelandet ist. Jetzt lastet kein Druck mehr auf mir. Endlich. Ich habe mich für diesen Ausweg entschieden. Ich bin entschlossen, einen Schlussstrich zu ziehen. Das Sterben geht ganz leicht. Bald werde ich nur noch eine Erinnerung für Euch sein.

MutterSeelenAllein

In der Kneipe sitze ich gern am Rand, von wo aus ich alles überschauen kann. Ich hänge meinen Gedanken nach und beobachte das Geschehen. Ich mag es, wenn man mich möglichst in Ruhe lässt. Gleichwohl gibt es immer wieder Leute, die versuchen, ein Gespräch mit mir anzufangen. Es sind oft Menschen, die jemanden suchen, der ihnen zuhört.

So auch an diesem Tag. Ein Mann, den ich bisher nur vom Sehen kenne, nimmt ganz in meiner Nähe platz. Umständlich hängt er seinen Beutel an einen der Haken an der Theke. Er trägt einen abgetragenen, langen Mantel und einen Schlapphut. Zunächst beachte ich ihn kaum, aber ich spüre, dass er mich beobachtet. Plötzlich fragt er ganz unvermittelt zu mir herüber: *Stimmt es, dass Sie auch schreiben?* Als ich nicke, schaut er mich erwartungsvoll an. Da ich nichts weiter antworte, meint er: *Ich weiß, auch mir schickt man meine Manuskripte jedes Mal zurück. Ich habe noch keinen einzigen Text veröffentlicht.*

Dann beginnt er, zu erzählen:

Schon als ich noch berufstätig war, gehörte ich zu denen, die man übersah. Das Leben lief an mir vorbei. Alles war vorgegeben, und ich fügte mich den Anforderungen des Tages. Man funktionierte wie man atmet. Es ging mir wie anderen auch. Gelegentlich spürte ich einen gewissen Überdruss. Hin und wieder auch Langeweile. Aber das ging vorüber, so als hätte man schlecht geträumt. Dann begann alles wieder von vorn.

Er machte eine längere Pause, so als würde er über das Gesagte nachdenken. Da ich weiterhin schwieg, fuhr er fort:

Wäre es in meinem Leben nicht durch äußere Umstände zu einer gravierenden Veränderung gekommen, es wäre wohl noch jahrzehntelang so weiter gegangen mit mir. Aber dann verlor ich von heute auf morgen meine Arbeit. Nicht, dass mir sofort bewusst geworden wäre, was das für mich bedeutete: Ich hoffte, wieder Fuß fassen zu können und für kurze Zeit gelang es mir auch. In den erlernten Beruf zurück fand ich jedoch nicht.

Er unterbrach sein Reden abermals und be-
stellte sich ein Getränk. Er wartete, trank
einen Schluck und sprach dann weiter:

*Ich begann darüber nachzudenken, was man
gemeinhin ,den Sinn des Lebens' nennt, über
all die Absurditäten und Vergeblichkeiten, die
das Leben mit sich bringt. Ob es wirklich die
tägliche Arbeit ist, die das Leben ausmacht.
Oder ob nicht ganz andere Dinge wichtig sind.
,Erkenne dich selbst', nannten das die Alten. Sie
vergaßen jedoch uns zu sagen, wie man diesen
Ratschlag befolgt. Oft saß ich nach dem Aufwa-
chen noch lange auf dem Bettrand und dachte
über all das nach. Aber je angestrengter ich
nachdachte, desto mehr verschwamm mir alles.
Wozu aufstehen? Die Zeit verging auch so. Ich
hatte jedes Gefühl für sie verloren. Mir war alles
gleichgültig. Aber die Gleichgültigkeit lähmt
einen auf Dauer. Sie ist eine Art ,vorzeitiger
Tod'. An einem dieser Morgen, als ich wieder
einmal allein in meinem Zimmer saß, durch-
zuckte mich ein Gedanke: ,Eigentlich bist du
mutterseelenallein, es ist keiner da, der dir hilft.
Du kannst dir nur selbst helfen'.*

*Ich kam zu dem Schluss: Im moralischen Sinn
ist es möglich, ja sogar nötig, im Paradox zu
leben; nicht jedoch im Kompromiss. Diese Ein-*

sicht, die wie alles im Leben vorläufig ist, ver-
suchte ich mir klar zu machen, indem ich be-
gann, darüber zu schreiben. Täglich fiel mir ir-
gendetwas ein, was ich notierte. Aber all das
blieb zusammenhanglos. Bis ich irgendwo las:
‚Das realitätslose, funktionale Leben eignet sich
nicht als künstlerischer Stoff. Da ist nichts, was
sich lohnt, festgehalten zu werden. Und doch
ließ mich die Frage nicht los: Was ist es, das das
Leben paradox erscheinen lässt? Ich suchte lan-
ge nach einer Antwort und kam zu dem
Schluss: Das Dasein ist für die Menschen uner-
träglich, weil sie ihr Leben nicht im Geringsten
ernst nehmen. Sie verleben ihr Leben, ohne dass
sie überhaupt am Leben teilnehmen. Und doch
müssen sie das, was geschieht, als ihr Leben be-
trachten'.

Der Mann sprach, als hätte er seinen Text
wohl schon einige Male aufgesagt. Eigentlich redete er nicht mit mir, sondern mit
sich selbst. Mir war es ganz recht so: Was
hätte ich ihm antworten sollen? Er fuhr fort:

Das war damals eine außerordentlich wichtige
Erkenntnis für mich. Auf solche Gedanken
kommt nur, wer viel allein ist und Zeit zum
Nachdenken hat. Das leichtfertige Hinwerfen
des Lebens einerseits und die Angst um das Da-

sein andererseits – das schließt einander doch eigentlich aus Aber daran zeigt sich: So denkt die Logik, aber die Logik ist nicht das Leben. Das Leben ist paradox. Die logische Konstruktion kommt dem Leben, dem, was wir als Wirklichkeit erfahren, nicht einmal nahe.

Diesem unpersönlichen Schicksal, ein durch entfremdete Arbeit bestimmtes Leben zu führen, versuchte ich seither verzweifelt zu entkommen, wohl wissend, dass ich ständig in der Gefahr war, das auch mir das Leben entgleitet. Aber ich versuchte trotzdem, dem Abgleiten ins Unwesentliche etwas entgegen zu setzen. Aber was konnte dieses ‚Etwas' sein?

Er hielt inne und schaute wie abwesend vor sich hin. Er schien mich ganz vergessen zu haben. Nach einer Weile führte er sein Selbstgespräch fort:

Ich brauchte lange, um zu erkennen: Dieses ‚Etwas' ist das ‚Kreative', und zwar in jeglicher Form. Man muss den Dingen, die man vorfindet, etwas Eigenes hinzufügen. Für mich hieß das, weiterhin alles aufzuschreiben, was mich umtrieb. Auch wenn das Ganze keinen Sinn ergab, spürte ich eine Art Wohlbefinden beim Schreiben. So, als würde Druck von mir ge-

nommen. Mitunter hatte ich das Gefühl, immer ein Stück näher bei mir selbst anzukommen.

Ich begriff: Das Leben, jedes Leben ist ohne Zweifel ein Erzählen. Und dieses Erzählen hat stets ein und denselben Gegenstand: das Leben. Jedes Leben ist ein Beispiel, und jedes Leben ist wert, erzählt zu werden. Erst dadurch machen wir es zu einem sinnvollen Leben. Mag auch das, was wir den ,Sinn des Lebens' nennen, von völliger Finsternis umgeben sein. Es kommt nicht darauf an, das Leben zu verstehen; wir müssen es leben.

Danach schwieg er. Nachdem er ausgetrunken hatte, wandte er sich mir zu, so als würde er erst jetzt meine Anwesenheit bemerken:

Wissen Sie, worüber ich seit jenem Morgen immer häufiger nachdenke? Über das Wort ,MutterSeelenAllein'. Mir fiel irgendwann auf, dass es drei Worte sind, die alle ihre Bedeutung haben. Ist Ihnen das schon einmal aufgefallen? Zum Beispiel ist ,Alleinsein' nicht das Gleiche wie ,einsam sein'. Vielleicht sollten wir beim nächsten Mal einmal darüber reden.

Daraufhin zahlte er und ging ohne sich noch einmal umzuschauen.

Die Treppe

Er hatte den Hintereingang zum Hof genommen, um auf keinen Mitbewohner zu
treffen. Setzte sich auf seinen Rollator, um
zu verschnaufen. Die Sonne schien. Es war
angenehm warm. Wärmer als in seiner
Wohnung, die nach Westen lag. Seine Einkäufe hatte er auf zwei Plastiktüten verteilt.
So ließen sie sich besser tragen. Ihm graute
vor der steilen Treppe. Vielleicht käme ja
doch jemand vorbei, der ihm die Sachen
hoch tragen würde. Das Sitzen tat ihm gut.
Langsam kam er wieder zu Kräften. Nur
das Atmen fiel ihm immer noch schwer. Er
hatte wieder einmal mit dem Rauchen auf-
gehört. Es war qualvoll. Immer hatte er ge-
raucht, von frühester Jugend an. Aber
diesmal war es ernst. Beim letzten Kran-
kenhausaufenthalt hatte ihm der Arzt gesagt, er müsse sofort damit aufhören, sonst
sei das sein sicheres Todesurteil.

Er schaute auf seinen Rollator. Eine geniale
Erfindung. Man kann sie als Gehhilfe be-
nutzen, Sachen damit transportieren und
sich darauf ausruhen. Er hatte lange darum
kämpfen müssen, bis ihm die Kasse einen

gebrauchten genehmigte. Immerhin. Er kam gut damit zurecht. Anfangs hatte er sich geschämt. Er fühlte sich plötzlich alt. Aber er merkte ziemlich bald, dass viele mit diesen Dingern herumfahren. So fiel er gar nicht weiter auf.

Wenn ihn seine Eltern so sehen würden. Mit seinen 52 Jahren. Seit 10 Jahren war er nun arbeitslos. Was könnte er ihnen sagen? Er war in einem, wie man so sagt, geordneten Elternhaus aufgewachsen. Der Vater war ehrgeizig, machte sich als Handwerker selbständig und brachte es zu einigem Wohlstand. Er hatte es gut gehabt zu Hause. Besser, als die meisten Kinder im Kiez. Viele hatten ihn deshalb beneidet. Das mag einer der Gründe sein, warum es ihm schwer fiel, Kontakte zu seinen Altersgenossen zu knüpfen. Er hatte sich stets darum bemüht, aber es gelang ihm nie so recht. Er litt sehr darunter, wusste aber nicht, was er hätte anders machen können. Mit der Zeit gab er seine Versuche auf und ging seine eigenen Wege.

Später, nach dem Umzug, fühlte er sich vollends isoliert. Die Mutter hatte darauf bestanden, in eine bessere Wohngegend zu ziehen. Der Vater hatte ihrem Drängen schließlich nachgegeben, obwohl der Weg zu seinem Betrieb jetzt erheblich länger war.

Er hatte die Schule wechseln müssen. Seine Hoffnung, hier Freunde zu finden, erfüllten sich nicht. Im Gegenteil. Hier mied man ihn wegen seiner Herkunft aus dem Kiez. In der Schule wurde er gemobbt. Warum, hat er nie verstanden. Auch heute noch nicht. Gut, er war nicht so kräftig wie die anderen Jungen seines Alters. War in allem langsamer. Deswegen nannten sie ihn ja auch *Schnecke*. Aber warum ließen sie ihn nicht mitspielen?

Seinen Vater hatte er insgeheim wegen seines Ehrgeizes und seiner Zielstrebigkeit immer bewundert. Aber gesagt hat er es ihm nie. Wie auch? Er hätte nicht die richtigen Worte gefunden. Außerdem war Vater ständig auf Achse. Es gab kaum eine Gelegenheit, miteinander zu reden. Irgendwann war es dann zu spät.

Dabei hatte sein Vater es gut mit ihm gemeint. Obwohl er den Hauptschulabschluss nicht geschafft hatte, ließ er ihn in seiner Firma eine Lehre beginnen. Aber irgendwie klappte es nicht. Vater gab sich alle Mühe mit ihm. Erklärte ihm vieles. Dennoch gelang es ihm nicht, seinen Anforderungen zu genügen. Wenn er wieder einmal etwas falsch gemacht hatte, meinte er nur: *Du hast eben zwei linke Hände, da kann man nichts machen.* Er sagte es nur so dahin, aber ihm war, als habe er damit ein endgültiges Urteil über ihn gesprochen.

Jahre später hat er seinen Hauptschulabschluss dann doch noch nachgeholt. Leider hat Vater es nicht mehr erlebt. Er hatte plötzlich einen Herzinfarkt erlitten. Der ständige Stress mit der Firma war wohl zu viel für ihn. Er wäre stolz auf ihn gewesen, da ist er sich sicher.

Jetzt, Jahrzehnte später, sagte er sich, *ich war eben in vielem anders, als die meisten Kinder.* Sie schienen ihm oft einfältig und unernst. Gingen sie nach einem Ereignis, zum Beispiel dem Anblick eines toten Tieres, längst zu etwas Anderem über, war er noch lange damit beschäftigt, sich klarzumachen, was es mit dem Tod dieses Tieres auf sich haben könnte. *Ich kam nicht davon los. In meiner Phantasie versuchte ich, die Zeit zurückzudrehen; das Tier wieder zum Leben zu erwecken. Ich sonderte mich von den anderen ab und überließ mich meiner Tagträumerei. So machte ich es auch, wenn der Druck der Verhältnisse zu groß wurde. Ich hatte keinen Namen dafür. Aber ich spürte oft eine gewisse Leere, die sich wie ein Schleier auf alles legte. Dann hatte ich nur noch das Bedürfnis, mit mir allein sein.*

Ich lief ziellos in der Gegend herum. Setzte mich irgendwo nieder, vergaß die Zeit und verlor mich in Traumbilder. Gern schaute ich in die Wolken und ließ mich mit ihnen forttreiben. Sie verscheuchten mir die schwarzen Gedanken und ließen all das, was mich niedergedrückt hatte, allmählich verblassen. Ich spürte neue Kräfte in mir aufsteigen. ‚Du musst es immer wieder neu versuchen‘, sagte ich mir.

Aber die Phasen, in denen er wieder Lebensmut schöpfte, hielten nie lange an. Viele der guten Vorsätze schmolzen dahin wie der Schnee in der Sonne. Woran es lag, ist ihm auch heute noch nicht klar. Es gab immer einen Grund zuviel. Immer hakte es irgendwo, wahrscheinlich lag es an ihm. *Er ist zu weich, kann sich nirgends durchsetzen,* hieß es schon damals über ihn. Das war es, was sein Vater stets an ihm bemängelt hatte. Umgekehrt hatte er ihn dafür bewundert: wie er alle Schwierigkeiten beiseite geräumt hatte, um seinen eigenen Betrieb aufzubauen.

Er selbst hatte viele seiner Jobs nach kurzer Zeit wieder verloren. Einige ohne sein Zutun, weil der Betrieb pleiteging; andere aus eigenem Verschulden, weil er schlampte oder nicht zur Arbeit erschien. Dessen schämte er sich. Er hatte wieder einmal versagt. Scham und Versagensängste, das waren zwei Seiten einer Medaille. Sie gruben sich tief in ihn ein. Er selbst fühlte sich allmählich an allem schuld.

Nachdem er längere Zeit arbeitslos war, trennte sich seine Frau von ihm. Er hatte angefangen zu saufen, und zuletzt hatten sie nur noch gestritten, obwohl sie sich eigentlich gut verstanden. Aber die ständigen Geldsorgen und Streitereien hatten sie zermürbt. Später versuchten sie es noch einmal, aber bald begann alles wieder von vorn. Man konnte es drehen und wenden wie man wollte: Er hatte es vermasselt. Schließlich hatte sie ihn rausgeschmissen. Danach lebte er einige Monate auf der Straße. Einen harten Winter lang. Das hat ihn gesundheitlich ruiniert.

Die Straße war eine wichtige Erfahrung für ihn. Es konnte die Hölle sein, aber er lernte auch Typen kennen, die etwas erlebt hatten. Was waren dagegen die dressierten Affen, die morgens an ihm vorbei defilierten. In ihre warmen Büros. Er sah sie meist nur durch den Nebel seines morgendlichen Halbdämmers. Wenn er durch die Geräusche des Tages erwachte. Und es an der Zeit war, den Eingangsbereich eines Kaufhauses oder wo immer er genächtigt hatte, zu räumen.
Eine zeitlang fühlte er sich ganz wohl unter seinesgleichen. Mit den gelackten Typen, hätte er jedenfalls nicht tauschen mögen. Was war deren Leben gegen seines?

Trotz aller Härte genoss er seine Freiheit. Aber seine Gesundheit machte nicht mit. Vor ein paar Jahren wurde ihm eine Wohnung zugewiesen, und seither ist er sesshaft. Wegen seiner Raucherei ist er schon mehrfach an der Lunge operiert worden. Er hat einige Krankenhausaufenthalte und REHAs hinter sich. Er schätzt seine Lage realistisch ein. Um etwas Praktisches zu machen, ist er zu sehr angeschlagen. Er hätte früher damit beginnen müssen. Gerne hätte er einige Gartenarbeiten übernommen. Oder Hausmeisterdienste. Oder die Betreuung alter Menschen. Aber nie hatte sich etwas Passendes ergeben, und jetzt war es zu spät dafür.

Immer noch sitzt er auf seinem Rollator. Die Pause hat ihm gut getan. Soll er warten, ob doch noch jemand vorbeikommt und ihm seine Einkäufe hoch schleppt? Irgendwann wird er die Treppe nicht mehr schaffen. Er ist unschlüssig, also wartet er noch ab. Zeit genug hat er ja. Das Warten ist er gewohnt; es wird wohl nie ein Ende haben.

Der Lebenskünstler

Elias hat mich zum Tee eingeladen. Ich lernte ihn auf einem Waldspaziergang kennen. Ein alter Mann mit einem Bündel Reisig auf dem Rücken kam auf mich zu. Er war groß und kräftig gebaut, und aus seinem verwitterten, mit Bartstoppeln übersäten Gesicht blinzelten mich zwei wache Augen an, die Überraschung und Neugier zum Ausdruck brachten. Als wir uns gegenüber standen, fragte er: *Was hat Sie in diese gottverlassene Gegend verschlagen?* Noch bevor ich etwas sagen konnte, legte er sein Bündel ab, setzte sich auf einen Baumstamm und begann zu erzählen:

Ich wohne in dem kleinen, verwunschenen Haus mitten im Dorf. Man kann es kaum noch erkennen. Es ist ganz zugewachsen. Den vielen Vögeln, die dort nisten, ist es ganz recht so. Die Dörfler schütteln den Kopf angesichts des Zustands meines Hauses. Sie mögen ohnehin keine Fremden, und bis heute bin ich für sie ein ,Fremder' geblieben. Als wir vor vierzig Jahren hier ankamen, waren wir die einzigen Zugezogenen. Meine Frau und ich stammen aus dem Erzgebirge, nahe der tschechischen Grenze. Nach dem Krieg kamen wir als Flüchtlinge nach Bayern, und über mehrere Stationen landeten wir schließlich hier. Meine Frau ist vor einigen Jahren gestorben. Seither habe ich das Dorf nicht mehr verlassen. Mit ihr bin ich viel gereist. Auf einer Vespa sind wir bis nach Rom und Paris gefahren, um uns die Kunstschätze dort anzusehen. Es kommt mir vor, als sei es schon Jahrhunderte her.

Als ich Elias kennen lernte, war er bereits etwa achtzig Jahre alt. Er war gelernter Grafiker. In früheren Jahren hatte er für renommierte Zeitschriften gesellschaftskritische Karikaturen gezeichnet. Auch heute ist er noch künstlerisch tätig, nimmt regelmäßig an Ausstellungen teil und ist Mitglied eines Künstlerstammtischs. Jetzt zeichnet er bevorzugt Tiere oder Landschaften. Dazu benutzt er alle möglichen Materialien: Steine, Holzbretter oder Pappdeckel, die er irgendwo aufliest. Er kann alles irgendwie verwenden.

Am Ortsausgang besitzt er ein großes, verwildertes Gartengrundstück, das er seinerzeit zu einem Spottpreis erworben hat. Er nennt es seinen ‚Park'. Seltene Pflanzen und Bäume wachsen dort, die er teilweise selbst angepflanzt hat.

Einige Male habe ich ihn in seinem ‚Park'
besucht. Er wirkt ein wenig chaotisch, aber
bei näherem Hinsehen merkt man: Alles
wird liebevoll gehegt und gepflegt. Ich
schaue gern bei ihm vorbei, da er fast immer anwesend ist; entweder sägt er Holz,
bastelt oder beschäftigt sich mit seinen
Pflanzen. Fast aus dem Nichts kann er etwas machen: Auf einem grauen Kalender-
rücken zeichnet er ein Katzengesicht. Aus
einer halben Nussschale fertigt er ein
Schiffchen mit Segel an. Alles findet bei ihm
Verwendung: jedes Brett, jeder Stein, mit
allem kann er etwas anfangen. Die Dinge,
die ihn umgeben, scheinen bei ihm kreative
Impulse auszulösen. Er sagt von sich: *Ich
hauche den Dingen Poesie ein, vor allem dadurch, dass ich sie aus ihren gewöhnlichen All-
tagszusammenhängen löse.*

Bei einem meiner Besuche erzählte er mir
von Ernst Barlach, seinem künstlerischen
Vorbild:

*Seit meinem Studium habe ich mich mit Barlach
auseinandergesetzt. Barlach schafft es, mit we-
nigen Strichen das Wesen eines Menschen oder
Dings auszudrücken. Kaum einer war derart
unprätentiös wie er. Seine Genialität liegt in der
Einfachheit seiner Darstellungen. Aber diese*

sind gleichzeitig Ausdruck höchster Konzentration und Versenkung in die Geheimnisse der Dinge.

Und dann sagt er einen Satz, den ich aufmerksam registrierte: *Ich bin Barlach wesensähnlich.* Als er mein Erstaunen bemerkt, fügt er hinzu:

Barlach hatte eine instinktive Abneigung gegen diesseitige Werte; seien es materielle Dinge, sei es Ruhm, sei es Politik. Er besaß die Fähigkeit, all den Übeln, die ihm widerfuhren, gelassen zu begegnen, indem er sich schrittweise von der Gesellschaft abwandte. Barlach lebte ganz seiner Kunst hingegeben, dem einfachen Leben in der Natur – mit keinen besseren Freunden als Wind und Wetter.

Diesem Ideal scheint er nachzuleben: teils aus Notwendigkeit, wohl aber mehr noch aus Überzeugung. Sein ,*Park*' mit all den Lebewesen und Pflanzen um ihn herum: das ist sein eigener, von ihm gestalteter Kosmos, in dem das Schöpferische schlechthin sich ihm offenbart. Man könnte auch sagen: Auf diese Weise holt er sich einen Teil der Schöpfung zurück.

Als ich ihn in seinem Häuschen besuche, ist er etwas verlegen und entschuldigt sich für die Unordnung. Überall liegen Bücher und Zeichnungen. Er räumt einen Stuhl frei, damit ich mich setzen kann. *Sie wissen ja: Künstler sind immer ein wenig schlampig.* Der Raum liegt im Halbdunkel und hat nur ein kleines Fenster. *Ich male meistens nachmittags, wenn die Sonne rumkommt. Mit dem Strom muss ich sparen.*

Als erstes muss ich mir die Bilder und Skizzen ansehen, die er zuletzt gemalt hat. *Ich male täglich, sonst werde ich verrückt,* sagt er. Ich spüre, dass er auf eine Reaktion von mir wartet. Je länger ich die Bilder anschaue, desto mehr offenbart sich mir ein *verborgener Sinn*, den ich aber noch nicht zu benennen weiß.

Den Maler schien es nicht im Geringsten zu stören. Vielmehr meinte er: *Ich mag es, wenn sich der Betrachter meine Bilder aufmerksam anschaut. Wer sich vor Kunstwerken langweilt, hat meist nichts davon verstanden. Die ersten Erklärungen sind meist nur ein ‚Ungefähr', aber sie interessieren mich. Im Übrigen entschädigt es einen, dass es überhaupt jemanden gibt, der sich die Bilder anschaut.*

Er ist der Meinung, dass der künstlerische Akt nicht vom Künstler allein vollzogen wird. Erst durch den Betrachter komme das Werk in Kontakt mit der äußeren Welt, indem er es interpretiert und damit seinen Beitrag zum kreativen Akt hinzufügt. Wäre dem nicht so, würde die Welt nie etwas von einem Kunstwerk erfahren. *Damit heiße ich Dich als Teilnehmer am schöpferischen Prozess willkommen!*

Das Haus der Unsichtbaren

B. ist 48 Jahre alt. Mehr als zwanzig Jahre lang hat sie eine Kneipe geführt. Daneben hat sie drei Kinder groß gezogen, von verschiedenen Männern. Verheiratet war sie nie. Sie hat schwere, aber auch glückliche Jahre erlebt War immer in Gesellschaft. Von einem Tag auf den anderen hat die Krankheit ihr Leben auf den Kopf gestellt: *Krebs*, Mehrere Operationen hat sie überstanden. Jetzt lebt sie mit einem künstlichen Darmausgang. Der letzte ihrer Männer hat sie verlassen. *Er könne nicht mit einer Leiche leben*, hat er ihr zum Abschied gesagt.

Seit fünf Jahren wohnt sie allein in einem Haus mit fünf Parteien. Alles sogenannte Sozialfälle, denen man von Amts wegen eine Wohnung zugewiesen hat. Kontakte untereinander gibt es kaum. Jeder hat mit sich zu tun. Eine zeitlang sah man B. gelegentlich außer Haus; jetzt schon länger nicht mehr. Sie verlässt ihre Wohnung nur noch zum Einkaufen und bei Dunkelheit, um ihren Hund auszuführen. Sie ist sich sicher, dass ihr Hund sie versteht. Er spüre ihre Stimmungen, davon ist sie überzeugt. Sobald es ihr schlecht geht, ist er an ihrer

Seite, leckt ihr die Hände und schaut sie mitleidig an. Sie leidet an Depressionen. Die Medikamente, die ihr verschrieben wurden, haben nicht geholfen. Sie hat sie abgesetzt. *Ich befand mich nur noch in einem Nebel, das war nicht zum Aushalten.*

Mehrere Chemotherapien hat sie hinter sich. Sie ist überzeugt, dass zwischen dem Verlust ihrer Zähne und der Chemotherapie ein Zusammenhang besteht, was die Krankenkasse aber bestreitet. Seit Jahren prozessiert sie darum, dass die Kasse ihr einen Zahnersatz bezahlt. Bisher vergeblich.

Wenn sie von ihrem früheren Leben erzählt, blüht sie auf. Trotz all der Arbeit und der Sorgen um die Kinder sei es ein geradezu glückliches Leben gewesen. In der Kneipe war immer was los. Gesellschaft hatte sie stets mehr als genug. Manchmal wurde es ihr zu viel. Das genaue Gegenteil zu heute. *Die Einsamkeit macht mich verrückt. Ohne meinen Hund wäre ich es schon. Du schaust täglich in den Spiegel, und was siehst du? ,Eine lebende Leiche'.*

Alt und nutzlos komme ich mir vor. Wenn ich mich aus dem Haus schleiche, bin ich froh, wenn ich Niemandem begegne. Ich denke immer, man sieht mir meinen Zustand an. Das ist auch der Grund, weshalb ich nicht in die ‚Suppenküche' gehe. Es wäre bequem für mich, und einige aus dem Haus, vor allem die Männer, machen davon Gebrauch. Aber dieses geballte Elend zu sehen, würde mich nur noch weiter runterziehen. Das ist auch der Grund, weshalb wir im Haus keine Kontakte haben. Jeder schämt sich vor dem Anderen. Die Scham frisst sich in dich rein, ob du willst oder nicht. So bleibt jeder für sich und dämmert in seinem Alleinsein dahin. Einige saufen, andere kiffen, und jeder schaut in die Glotze. So lässt sich das, was vom Leben übrig geblieben ist, einigermaßen ertragen.

Zu ihren Kindern hat sie kaum Kontakt. Nur der Jüngste kommt ab und zu vorbei. *Immer wenn er mal wieder abgebrannt ist. Dann nistet er sich für einige Wochen bei mir ein. Er arbeitet nicht, kifft und braucht ständig Geld. Da ich nichts habe, macht er mir Vorwürfe, so als ob ich für sein Leben verantwortlich wäre. Ich bin jedes Mal froh, wenn er wieder weg ist. Mehr oder weniger schmeiße ich ihn nach einiger Zeit raus. Was mir natürlich sofort wieder ein schlechtes Gewissen macht. Man wird mürbe dabei. Ich brauche immer länger, um das alles zu verkraften.*

Vor kurzem hatte sie einen Mann kennengelernt. Zufällig waren sie miteinander ins Gespräch gekommen. *Wir verstanden uns sofort. Einige Male haben wir uns getroffen. Immer im Café. Als ich merkte, dass er mehr von mir wollte, musste ich ihm sagen: ‚Weißt Du, als Frau fühle ich mich schon lange nicht mehr'. Das war das Ende. Ich trauere ihm sehr nach. Mit ihm hätte es was werden können. Aber als halber Mensch hast du keine Chance, noch einmal eine Liebe zu finden. Manchmal komme ich mir tatsächlich vor wie eine lebende Leiche.*

*

H., Ende 30, hat seit einem Unfall mehrere lädierte Wirbel. Er hat ständige Rückenschmerzen und nimmt starke Medikamente dagegen. Zurzeit hofft er auf einen Werkvertrag in einem Schlachtbetrieb. Dafür braucht er jedoch ein Gutachten des Amtsarztes. Er ist stark übergewichtig und schämt sich deshalb. Der Arzt muss ihm attestieren, dass er für diese Arbeit geeignet ist. Viel Hoffnung hat er nicht. Er kann nicht lange stehen und nichts Schweres heben.

In seinem letzten Job hat er einen Gabelstapler gefahren. Mit anfassen konnte er nicht. Das war wohl der Grund, weshalb er nach ein paar Monaten wieder entlassen wurde. So ist es ihm schon einige Male gegangen. Das sind dann die Situationen, in denen er alles in sich hineinfrisst. Vor allem Süßigkeiten. Er säuft nicht. Nimmt keine Drogen. Nur die verdammten Tabletten, die ihm nicht bekommen.

Sobald er sich vollstopft, hat er das Gefühl, dass er die Leere in sich mit irgendetwas füllt. *Wie ein Erdloch, das man ständig wieder zuschmeißt, damit es nicht noch größer wird.* Zuletzt hat sein Arzt ihm vorgeschlagen, sich den Magen verkleinern zu lassen, um den Appetit zu drosseln. Er will es sich überlegen.

Er wohnt in einer Wohngemeinschaft mit P., einer etwa 60 Jahre alten Frau, die eine Sozialrente bezieht. Die Frau ist umtriebig.

Den ganzen Tag rum sitzen und in die Glotze schauen, kann ich nicht, sagt sie.
Sie hat sich einen kleinen Garten zugelegt und nimmt H. mit dorthin. *Damit er mal rauskommt und sich nicht nur verkriecht.* Helfen kann er ihr kaum. Aber so haben sie beide Gesellschaft. *Alleinsein kann ich nicht. Das macht mich verrückt. Wenigstens einen Hund oder eine Katze brauche ich, um die man sich kümmern kann.*

Die Beiden wohnen im Hochparterre und beklagen seit langem die Feuchtigkeit in der Wohnung. An den Wänden hat sich Schimmel gebildet. Der Vermieter weigert sich, Reparaturen vorzunehmen. Und von Amts wegen wird auch nichts unternommen. Dort verweist man auf den Vermieter. Einfach ausziehen können sie nicht. Es gibt kaum bezahlbaren Wohnraum für Leute wie sie.

P. ist handwerklich geschickt. Würde gern was Praktisches machen. Zum Beispiel Fahrräder reparieren oder so etwas in der Art. Sie hilft gern, wenn es irgendwo klemmt. Aber wenn sie einen Job bekäme, um etwas dazu zu verdienen, würde man ihr die Rente kürzen. Also lässt sie es bleiben. Zufrieden ist sie damit nicht. *Zuwenig zum Leben, zuviel zum Sterben*, sagt sie.

Von Zeit zu Zeit besucht sie ihre Schwester im Ruhrgebiet. Ein Pflegefall. Sie bleibt manchmal zwei bis drei Wochen. Dann reicht es Beiden. Zuviel Familiengeschichten, die beide nur belasten. Wieder zurück, fühlt sie sich wie befreit. Und überhaupt: der Garten wartet nicht. *Es gibt immer was zu tun. Und dass ist gut so.* Bis wieder der Zeitpunkt da ist, wo sie das Gefühl hat, wieder einmal raus zu müssen aus dem Loch, das sich Wohnung nennt.

*

P. ist 41 Jahre alt. Klein, korpulent, rothaarig, bärtig. Er ist der Einzige im Haus, der keinen Fernseher besitzt. Er hört Radio. Bevorzugt *Hörspiele* und *Opernmusik*. Ansonsten liest er.
Seit kurzem interessiert er sich für *asiatische Philosophie*, vornehmlich für die *Hare-Krishna-Bewegung*. Er liest alles, was er über sie in die Hände bekommt. Dabei kommt ihm die Bekanntschaft mit einem örtlichen

Antiquar zugute, der ihn informiert, wenn wieder einmal ein Text im Internet auftaucht.

P. musste lernen, *geduldig* zu sein. Damals, als er die Diagnose erhielt, dass er an einer langwierigen, unheilbaren Krankheit leidet. Es fiel ihm schwer, sich damit abzufinden. Er, der immer mitten im Leben gestanden hatte. Sich keine Gedanken um das Morgen machte. Von einem Moment zum anderen veränderte sich alles. Er musste sich an den neuen Zustand gewöhnen. Er zog sich von allem zurück. Versuchte, mit der Situation klarzukommen. Ihm wurde bewusst, dass er sich eine neue *Lebenshaltung* aneignen musste.

Da hörte er durch einen Zufall diese Rundfunksendung über *Krishna;* über dessen Leben und Ansichten. Seither verspürt er den Drang, diesem nachzueifern. Er trennte sich von allem. Sich um nichts mehr kümmern müssen. Sich nur auf sich konzentrieren. Das wurde seine neue Passion.

Oft sitzt er auf einer schmucklosen Decke auf dem Fußboden seines Zimmers und vertieft sich in die Gedankenwelt seines

Idols. *Wer Mitleid hat, ist frei von Egoismus und Selbstsucht* – das ist einer der Leitgedanken des Philosophen. Sich von allen nutzlosen, irdischen Dingen frei machen. Von überflüssigen materiellen Dingen, Besitz, Kleidung, Einrichtungsgegenständen. So schläft er auf einer dünnen Matratze. Und er meditiert viel. Ist ganz bei sich. Das versetzt ihn in einen Zustand völliger *Entspanntheit*. Es ist für ihn eine Art *Glücksgefühl*. ,*Sei gleichmütig in Freud und Leid'* – das ist der Zustand, den er anstrebt. Er ist auf einem guten Weg dahin.

Hieronymus im Gehäuse

Als wir J. zum ersten Mal besuchen, emp-
fängt er uns vor dem Haus wartend. *Wir
können nicht durch die Haustür rein. Die kriege
ich nicht auf. Und wenn ich sie aufkriegen würde, kriege ich sie jedenfalls nicht wieder zu. Und
bitte Vorsicht auf den unebenen Bruchsteinplat-
ten. Die hat mein Vater noch verlegt. 1936.*

Das alte Häuschen liegt hinter einer hohen
Hecke und ist von der Straße aus kaum zu
sehen. Es ist umgeben von einem verwil-
derten Garten. Am Haus hängen die Fens-
terläden so kapriziös in den Angeln, dass
sie beim nächsten Windstoß abzufallen
drohen, wären sie nicht mit Klebeband ver-
stärkt. Ein Stück der Hausecke ist mit Ein-
kaufstüten isoliert. *Das ist die Wetterseite, die
versuche ich auf diese Weise trocken zu halten,
sonst wird mir die Wand feucht. Handwerklich
bin ich eben nicht sehr begabt. Minus null. Das
ist mir nicht gegeben.*

J. ist zu diesem Zeitpunkt bereits 75 Jahre
alt. Das kleine Haus hat er vor Jahrzehnten
von seiner Tante geerbt; seither wurde
nichts mehr daran gemacht. So steht es
noch da, wie es in der damals neu errichte-

ten Armen- und Arbeitersiedlung erworben wurde. *Manchmal werfen Jugendliche Steine gegen die rissige Hauswand; oder Leute pochen an der Tür, neugierig, ob hier noch jemand wohnt.*

Wegen seiner Unbegabtheit in Mathematik fällt er durch alle schulischen Prüfungen. *Ich bin im Leben an Dingen gescheitert, die ich nie gebraucht habe, an Flächen- und Raumberechnungen. Lächerlich. Aber überall fragen sie dich nach deinen Zeugnissen. Ohne sie bist du ein Nichts.*

Wir sitzen in der kleinen Küche mit der abgegriffenen Anrichte, der Eckbank und dem Esstisch. *Ich habe eigentlich immer hier gesessen, sagt er. Am einzigen noch beheizbaren Klüttenofen des Hauses, am Radio. Lange Konzertnächte habe ich hier verbracht. Mehr Technik habe ich nie gebraucht: keinen Kühlschrank, kein Fernsehgerät und schon gar keinen Computer. Für so'n Quatsch hab' ich keine Zeit.*

Eine ausgetretene Spur auf dem Linoleumboden führt hinüber ins ehemalige Musikzimmer, wo er auf einem inzwischen vom Holzwurm gehöhlten Klavier mit dreizehn

Jahren das Klavier spielen gelernt hat. Vielleicht hat alles hier an diesen Tasten angefangen: der Weg des Sonderlings, der Kriegswaise mit Volksschulabschluss, der nach dem Tod der Tante beginnt, zu lesen und Musik zu hören. *Ich habe alles gelesen, was mir in die Finger kam: Meyers Techniklexikon von A-Z; Opern- und Konzertführer; Die Welt der Religionen; Einführungen in die Philosophie; Gedichte der Dadaisten; Barlachs Dramen. Die Bücher habe ich als junger Mann in den 50er Jahren im Antiquariat Bücherparadies für wenige Groschen gekauft. Jetzt liegen sie zerlesen in den Zimmern des Hauses herum, in dem sich seit damals nichts mehr verändert hat.*

Nach dem Tod der Tante steht er allein da. In den 60er Jahren, der Ära der deutschen Vollbeschäftigung, kündigt er seine feste Anstellung: *Ich brauchte Zeit. Zeit ist der einzige Luxus, den ich mir im Leben geleistet habe.* Er versucht, seinen verkorksten Bildungsweg nachzuholen, arbeitet zwischendurch als Schreibkraft. Dann wird es immer schwieriger, eine feste Anstellung zu finden. *Ich hatte ja diese monatelangen Lücken im Lebenslauf. Bei den Vorstellungsgesprächen*

*fragten die dann, ob ich da vielleicht im Knast
gesessen hätte.*

In den 70er Jahren beginnt er, selbst zu
schreiben. *Ich habe plötzlich angefangen. Ich
wusste ja nicht, dass ich diese Gabe besitze, ich,
der Weltmeister im Kassieren von Niederlagen
aller Art.* Er versucht sich an Schlagertexten;
schickt Gedichte an Anzeigen-Blättchen,
eine Kirchen-Zeitung, die Bierzeitung einer
Altstadtkneipe. Nächtelang sucht er nach
dem richtigen Wort, stolz auf eine Kunst,
die tatsächlich wohl nie Auflage machen
wird. Weil ihn der Literaturbetrieb igno-
riert, entschließt er sich seinerseits, den Literaturbetrieb zu ignorieren: Er gibt seine
eigene Zeitschrift heraus: ‚Blätter für Literatur und andere Gegenstände'. Die meisten
Texte schreibt er selbst, rückt aber auch
Gedichte, Lieder, Essays anderer Verfasser
ein. Verdrängtes und Versunkenes, Verges-
senes und Bedrohtes, das sind seine The-
men: Dichter, die keiner mehr liest, Kom-
ponisten, die keiner mehr spielt, Kreaturen,
die keiner beachtet. Das alles tippt er auf
Matrizen. Die Druckkosten stottert er in Ra-
ten ab. *Es gab Wochen, da habe ich nur
Tütensuppen gelöffelt. Na wenn schon. Wir waren ja immer arm.*

Als ,Hieronymus im Gehäuse' hat er sich in seinen Gedichten selbst beschrieben. *Hier, umgeben von den mir voraus gestorbenen Dingen meiner einstigen Lebenswelt, halte ich am Althergebrachten fest.* An den Wänden hängen Plastiktüten statt Regale, prall gefüllt mit Gedichtpostkarten; Texten, Briefen, Manuskripten aus vier Jahrzehnten. Vom gelben Wachstuch seines Küchentischs aus führt er eine umfangreiche Korrespondenz mit Bibliothekaren, Dichter-Gesellschaften, Schülern und an Dichtung Interessierten.

Manchmal lacht er verschmitzt wie der Junge auf dem Foto, der mit den anderen Kindern an der Kiesgrube spielt. *Das war herrlich. Kaulquappen und Salamander.* Von dieser Wildnis träume er manchmal noch heute. Überhaupt meint er, gebe es weder Vergangenheit noch Zukunft, sondern nur eine Gegenwart. Sowohl im Traum, als auch in der Wirklichkeit. *Oft spüre ich ganz deutlich die Gegenwart der Toten. Zeit ist nur eine Illusion.* Er betrachtet sein in Klarsichthüllen konserviertes Lebenswerk, und es ist ihm bange darum. *Was wird aus all dem? Das kann doch nicht alles auf dem Müll landen,*

*all die Dinge, die mich so viel Mühe gekostet
haben.*

Trotz all der Unbill ist er ungebrochen.
Obwohl inzwischen 75 Jahre alt, wirkt er
fast jugendlich. Das Gesicht nahezu falten-
los; die Augenbrauen schwarz; die Haare
grauweiß, aber durch eine punkartige Lo-
cke verziert.
Zu seinem Gesicht passt sein fröhliches La-
chen, das er in seine Erzählungen einstreut.
Und er lacht viel. Die Hände mit den
schmalen Fingern sind die eines ehemaligen Klavierspielers.

Beim Erzählen funkeln seine Augen, und
seine Körpersprache zeigt das Ausmaß seiner Anteilnahme. Er erzählt ohne Unterbre-
chung und dabei tauchen sie wieder auf: all
die, die seinen Lebensweg begleitet und
gekreuzt haben; mit denen er in Kontakt
stand und von denen viele schon längst
nicht mehr sind. Aber er hat sie in seinem
fulminanten Gedächtnis bewahrt und ihre
ansonsten längst vergessenen Werke in seiner Zeitschrift verewigt.

So wird er wohl weiter Nacht für Nacht
über seinen Projekten brüten, nach unbe-

kannten Dingen forschen, dichten und seine geliebte Musik hören.

Die Zeitungsfrau

M. ist 53 Jahre alt. Sie steht jeden Sonnabend auf dem Wochenmarkt. Immer an der gleichen Stelle. Seit 12 Jahren verkauft sie die *Obdachlosen-Zeitung ‚Asphalt'.* Eine Bekannte hatte sie auf die Möglichkeit hingewiesen, etwas dazu zu verdienen. Vom Verkauf darf sie die Hälfte für sich behalten. Anfangs musste sie 200 Exemplare im Monat verkaufen, um über die Runden zu kommen. *Das meiste ging damals für Drogen drauf,* sagt sie.

Wie genau es dazu kam, dass sie derart absackte, kann sie nicht mehr sagen. Eins kam zum anderen. Der Partner verließ sie, sie verlor ihren Job, dann die Wohnung und schließlich landete sie auf der Straße. *Das übliche Programm. Irgendwann habe ich dann Drogen genommen. Sonst hätte ich das ganze Elend nicht ertragen. Man denkt gar nicht darüber nach. Irgendwann lebt man wie im Nirwana. Alles dreht sich nur noch darum, Geld zu beschaffen, um sich den nächsten Schuss setzen zu können. Die Sucht hat einen immer fester im Griff. Als würde man auf einen Abgrund zurasen, ohne die Möglichkeit, abspringen zu können.*

Irgendwann litt sie an einer *chronischen Atemwegserkrankung*, eine Folge ihres Lebenswandels und des Lebens auf der Straße. Als sie dann noch einen Herzinfarkt erlitt, war das für sie eine letzte Warnung. Sie kam auf Entzug. *Es war eine höllische Qual. Viele schaffen es nicht, durchzuhalten. Ich wohl, weil ich zum Glück eine gute Ärztin hatte, die mir Mut zusprach.*

Seit zwei Jahren nimmt sie an einem *Substitutions-Programm mit Methadon* teil. Unter ärztlicher Aufsicht. Das Kontingent wird ihr zugewiesen. Mehrfach wurde sie rückfällig. *Bis mir gedroht wurde, dass ich aus dem Programm fliege. Seitdem bin ich clean.*

Von der Straße ist sie runter. Ihr wurde eine kleine Wohnung zugewiesen, und sie erhält eine *Erwerbsunfähigkeits-Rente.* Vor kurzem bekam sie ihre neuen Zähne. *Die Leute haben mich kaum wiedererkannt.*
Sie isst jetzt regelmäßig und hat erheblich zugenommen; auch durch eine *Cortison-Behandlung. Der Nachteil ist: meine Hose passt mir nicht mehr. Ich brauche eine neue.*

Auf dem Markt gehen die Meisten achtlos an ihr vorüber; nur einige wenige Kunden kaufen die Zeitung. Andere geben lieber etwas Geld. *Die Leute verhalten sich, als hätten sie ein schlechtes Gewissen. Mir ist es gar nicht recht, etwas geschenkt zu bekommen. Ich würde lieber mehr von den Zeitungen verkaufen. Das käme auch dem Zeitungsprojekt zugute.*

Durch Geschenke fühle sie sich eher beschämt. Sie habe schon häufiger darüber nachgedacht, warum das so ist. *Das Schenken passt nicht zu unserer Kultur,* findet sie. *Man bekommt nichts geschenkt im Leben – das kriegt man doch schon als Kind eingetrichtert. Man muss sich anstrengen; alles im Leben muss man sich verdienen. Man will keinem etwas schuldig sein. Und schließlich weiß ich selbst, dass ich an meiner Situation nicht ganz unschuldig bin. Durch dieses Schuldgefühl entwickelt man einen Sensor dafür, dass das Schenken oft mit skeptischer Abschätzung verbunden ist. So als würde einem gezeigt, was man wert ist. Das Ganze hat etwas Demütigendes.*
Ihr gehe es dabei, als würde sie wie ein Objekt behandelt. Das verletze ihre Würde. Seitdem achte sie darauf, w i e jemand schenkt. Kommt es von Herzen, ist sie

dankbar; wenn nicht, bleibt ein schales Gefühl zurück. Aber ablehnen kann sie nichts; den Luxus kann sie sich nicht leisten. Sie braucht jeden Cent zum Leben.

Der Verkauf der Zeitungen gibt ihr das Gefühl, *dazu zu gehören*. Sie hat einen kleinen, aber treuen Kundenstamm. Aber genauso wichtig ist ihr, dass einige Leute auf dem Wochenmarkt sie *wiedererkennen* und sich nach ihrem Befinden erkundigen. Dass man sie überhaupt wahrnimmt. Und dann sind da die Marktleute selbst, die in den umliegenden Marktständen beschäftigt sind. Sie dulden sie nicht nur, sondern bringen ab und zu ein Stück Kuchen oder einen Kaffee vorbei. *Sie achten auf mich. Durch sie fühle ich mich beschützt.*

Sie ist sich ziemlich sicher, dass sie diesmal durchhält.

Epilog

Die geschilderten Fälle sind *authentisch*. Es handelt sich um *Berichte aus einer unterschlagenen Wirklichkeit*, die gern verdrängt wird. *Die im Dunkeln sieht man nicht,* hatte Brecht einst gedichtet. *Armut ist unsichtbar; der Arme ist es nicht.* Damit etwas von ihm bleibt, muss man ihm seine Individualität zurückgeben, ihn als Subjekt wahrnehmen.

Der Einzelne ist nicht nur *Opfer* übermächtiger Strukturen und Verhältnisse; er ist bis zu einem gewissen Grade auch *verantwortlich* für sein Handeln. Diese Dialektik ist es, die bei Vielen *Schamgefühle* auslöst. *Scham markiert Grenzen;* man sieht sich mit den Augen der Anderen. Auf Dauer wirkt sie wie ein *Gift,* weil sie das *Selbstwertgefühl* der Menschen auflöst. Sie erzeugt *Versagensängste* und ein existentielles Gefühl der *Verlassenheit.* Daher ist sie zutiefst *antisozial.*

Die Fälle weisen darauf hin, wie wichtig es ist, jeden Fall für sich zu betrachten. Obwohl sie strukturelle Ähnlichkeiten aufweisen, hat doch jeder seine eigene Geschichte. Dabei zeigt sich: *Die großen Dramen finden meist im Kleinen statt.*

Angaben zum Autor

Joke Frerichs; Jahrgang 1945; Dr. rer. pol.; Studium der Philosophie, Soziologie, Politikwissenschaft und Germanistik.

Veröffentlichungen u.a.:
„Zugänge. Wie man aufwächst, so denkt man" (2005); „Begegnungen" (2007); „Selbstgespräche. Gedichte und Poeme" (2010); „Opas Welt. Erinnerungen an meinen Opa und meine Kindheit in Emden" (2011); „Die Mission", Roman (2011); „Einfach mal drauflos fahren – Episoden vom Reisen" (2013, 2. Aufl. 2014); „Gespräch mit einem langen Schatten", Roman (2013); „Das Leuchten der Stille". Ausgewählte Gedichte (2014); „Das Haus des Dichters", Roman (2016); „Inside out. Die Welt lässt sich nicht umarmen", Journal der Jahre 2005-2015; „Die Schatten werden länger", Journal 2016; „Kontinuitäten und Brüche. Versuch einer Selbstbeschreibung" (2017); „Gegenblende", Journal 2017; „Flugsand", Journal 2018; „Intervalle", Journal 2019; „Farewell", Journal 2020; „Zeit der unverhofften Bilder", Roman (2020); „Zimmerschied. Eine Oase im Grünen" (2021); „Gelebte Alltagskultur. Episoden aus dem Ba-

sil's" (2021); „Weitermachen", Journal 2021;
„Besuch beim Philosophen" (2022); „Hiero-
nymus im Gehäuse. Der Dichter, sein Haus
und sein Radio" (2022).

Zusammen mit Klaus Frerichs: „Einer
schreibt, einer malt. Zwei Brüder aus dem
Emder Arbeitermilieu finden ihren Weg"
(2017).

Zusammen mit Petra Frerichs: „Lesespuren.
Notizen zur Literatur" (2011); „Leben
braucht keine Begründung. Zum literari-
schen Werk von Dieter Wellershoff" (2012);
„Literarische Entdeckungen. Vergessene
und neu gelesene Texte" (2012, 2. Aufl.
2018); „Leben und Schreiben – was sonst?
Ein Streifzug durch die Werkausgabe von
Dieter Wellershoff" (2014); „Das Mysterium
der Suche" (2014); „Dieter Wellershoff. Eine
Begegnung der besonderen Art" (2019).

Beide schreiben für den *Blog der Republik*.

Weitere Informationen unter:
www.joke-frerichs.de